CHOIX DE NOELS,

ANCIENS ET NOUVEAUX,

FRANÇAIS ET GASCONS,

COMPOSÉS EN L'HONNEUR DE L'INCARNATION

DE N.-S. JÉSUS-CHRIST.

BAYONNE,

IMPRIMERIE DE VEUVE LAMAIGNÈRE NÉE TEULIÈRES,

43, rue Pont-Mayou.

CHOIX DE NOELS

ANCIENS ET NOUVEAUX,

FRANÇAIS ET GASCONS,

en l'honneur de l'Incarnation
de JÉSUS-CHRIST.

———◄◦◦◦►———

NOEL

NATIVITÉ DE N,-S. JÉSUS-CHRIST.

A la venue de Noël
Chacun se doit bien réjouir;
Car c'est un testament nouvel
Que tout le monde doit tenir.

Quand pour son orgueil Lucifer
Dedans l'abîme trébucha
Nous allions tous en enfer
Mais le fils de Dieu nous racheta.

En une Vierge s'incarna,
Et en son corps voulut gésir;
La nuit de Noël elle enfanta,
Sans peine et sans douleur souffrir.

Incontinent que Dieu fut né
L'ange l'alla dire aux pasteurs
Qui se mirent tous à chanter :
Il vient pour sauver les pécheurs.

Après un petit laps de temps,
Trois rois le vinrent adorer,
Apportèrent myrrhe et encens,
Et or, qui est fort à louer.

A Dieu le vinrent présenter,
Et en grand honneur lui offrir.
Trois jours et trois nuits sans cesser,
Hérodes les fit rechercher.

Une étoile les conduisait
Qui venait devers l'Orient,
Et à tous il leur démontrait
Le chemin droit en Bethléem.

Là virent le doux Jésus-Christ
Et la mère qui le porta,
Celui qui tout le monde fit
Et les pécheurs ressuscita.

Bien apparut qu'il nous aima,
Quand à la croix pour nous fut mis ;
Dieu le père qui tout créa,
Nous donne à la fin le paradis.

NOEL NOUVEAU.

Réveillons-nous, peuple fidèle ;
Réveillons-nous, en ce beau jour ;
L'enfant Jésus qui nous appelle,
Vient faire avec nous son séjour.

L'ange descendu de la gloire,
Annonce, d'un chant tout nouveau,
La profondeur de ce mystère,
D'un Dieu placé dans un berceau.

Courons, entrons dans cette étable,
Dessillons les yeux de la foi,
Pour y voir un Dieu misérable,
En recevant sa sainte loi.

Nous trouvons une Vierge-mère,
L'épouse du père éternel ;
Joseph n'a que le nom de père ;
L'enfant me semble un criminel.

Les pasteurs avec leurs houlettes,
Abandonnent tous leurs troupeaux ;
Pour reconnaître entre deux bêtes ;
De tous les pasteurs le plus beau.

Celui qui fait trembler la terre,
Tremble tout dans un triste coin,
Il déclare au démon la guerre,
Couché sur la paille et le foin.

Que cet enfant a bien de charmes !
Voit-on rien de plus amoureux ?
S'il gémit, s'il répand des larmes,
C'est pour nous rendre bien heureux.

Bénissons donc cette mamelle
Dedans cet illustre séjour,
Et que notre réjouissance
Soit le témoin de notre amour.

NOEL NOUVEAU.

Sur des airs connus.

O nuit gracieuse,
Claire et lumineuse,
Fertile à porter,
De la Vierge-mère,
L'envoyé du père,
Pour nous racheter.

La troupe des anges
Chantent les Iouanges,
L'honneur non pareil,
De cette nuit douce,
Qui en terre pousse
Le divin soleil.

Les pasteurs entendent
Les voix qui l'air fendent,
Des anges heureux,
Qui chantent sans cesse,
De sainte liesse,
Ce chant glorieux.

Au seul roi de gloire
Soit force et victoire,
En ces lieux hautains.
Qui par sa elémeneé
A fait alliance
Avec les humains.

Que la paix abonde
En la terre ronde,

Et en tous bas lieux;
Que toute personne,
Qui a l'ame bonne,
Glorifie Dieu.

Oyant la merveille,
Chacun s'appareille,
De ces bons pasteurs,
D'aller tous sur l'heure,
Chercher la demeure
Du roi des seigneurs.

L'étoile luisante
A montré le sent
Aux rois d'Orient,
Qui, dans une crèche,
Sur la paille sèche,
Ont trouvé l'enfant.

Combien cette étable,
Si peu délectable,
Et si mal ornée,
Montre l'indigence,
Et peu d'apparence
De ce grand Dieu né.

Toutefois leurs âmes,
Brûlent dans les flammes,
D'une vive foi ;
Et pour témoignage,
Ils rendent l'hommage
Dû à ce grand roi.

Car de leur contrée
Ils ont apporté

La myrrhe et encor,
Par humblesse grande,
Ils ont fait offrande
D'encens et de l'or.

Parmi ces personnes,
Si sages, si bonnes,
J'offrirai mon cœur
Tout souillé de vices,
En bas sacrifice,
A mon rédempteur.

A ta grande venue,
Je suis dépourvue
De toutes vertus ;
Donne, je te prie,
A ma pauvre vie,
Tes dons gracieux.

NOEL

Sur l'air : *Du Traquenart.*

Dans le calme de la nuit
S'est entendu un grand bruit.   *bis.*
Une voix, plusieurs fois,
Plus angélique qu'humaine,
Une voix, plusieurs fois,
Donnait gloire au roi des rois.

Je n'entendis qu'à demi,
Car j'étais tout endormi.   *bis.*
Cependant, ce doux chant,
M'a fait ouvrir les oreilles ;
Cependant, ce doux chant,
M'a fait lever promptement.

Plus en plus je m'approchais,
Et mieux en mieux j'entendais.   *bis.*
O le chant ravissant !
Jamais n'ouïs voix pareille,
O le chant ravissant !
M'écriai-je hautement.

J'ai couru dans le hameau,
Tête nue et sans chapeau.   *bis.*
Tout ronflait et dormait,
Dans un repos bien tranquille ;
Tout ronflait et dormait,
Personne ne m'entendait.

Soulevez-vous, compagnons,
Une autre nuit nous dormirons.   *bis.*
Dépêchez et venez,
Venez avce moi entendre,
Dépêchez et sortez ,
Et tous ravis vous serez.

Aussitôt fait comme dit ,
Et le grand et le petit,   *bis.*
Me suivant, en sautant ,
Ils ont ouï la musique,
Me suivant, en sautant,
Ils admirent ce beau chant.

L'ange qui si bien chantait,
Clairement nous instruisait.   *bis.*
Cette nuit, à minuit,
Est né le Sauveur des hommes ;
Cette nuit, à minuit,
Sur du foin il est réduit.

Allez voir ce bel enfant ,
Pasteurs, dit-il, promptement.   *bis.*

Sans douter, ni errer,
Croyez à cette nouvelle,
Sans douter, ni errer,
Allez vite l'adorer.

Or cet oracle divin,
Ayant appris le chemin,   *bis*
Le suivant, promptement,
Avons trouvé le Messie,
Le suivant, promptement,
Avons adoré l'enfant.

Il était ce beau poupon,
En pitoyable façon,   *bis*
Il tremblait de grand froid,
A peine avait-il de langes,
Il tremblait de grand froid,
Sa Sainte Mère en pleuroit.

Nous avions tous aussi
Le cœur grandement transi.   *bis*
Ses yeux doux, dessus nous,
Souriaient d'un air triste,
Ses yeux doux, dessus nous,
Pénétraient l'âme de tous.

AUTRE NOEL

Plaisant et musical.

Entre le bœuf et l'âne gris,
Dort, dort, dort le petit fils ;
Milles anges divins,
Mille séraphins,
Volent à l'entour
De ce grand Dieu d'amour.

Entre les deux bras de Marie,
Dort, dort, dort le fruit de vie;
Mille anges divins, etc.

Entre la rose et le souci,
Dort, dort, dort le petit fils;
Mille anges, etc.

En ce beau jour si solennel,
Dort, dort, dort l'Emmanuel;
Mille anges, etc.

Entre les pastoureaux jolis,
Dort, dort, dort le petit fils;
Mille anges, etc.

Entre deux larrons sur la croix,
Dort, dort, dort le roi des rois;
Mille juifs mutins,
Cruels assassins,
Crachent à l'entour
De ce grand Dieu d'amour.

NOEL

Sur l'air : *Agueres Mountagnes, que tau haoutes soun.*

DIALOGUE.

CLIMÈNE.

Où vas-tu Sylvandre,
De si grand matin?
Ne pourrai-je apprendre
Quel est ton dessein?
Quoi! La nuit encore

N'a pas fait son tour,
Tu préviens l'aurore
Qui prévient le jour.

SYLVANDRE.

Ne crois pas, Climène,
Qu'il soit encore nuit;
Une aurore amène
L'astre qui nous luit;
A la nuit profonde,
Succède un beau jour;
Le ciel donne au monde
Un soleil d'amour.

CLIMÈNE.

Quel est ce mystère,
Qu'il soit éclairci ?
Il vaut mieux se taire
Que parler ainsi :
Quel soleil se lève,
Qui te fait parler ?
Mais ce n'est qu'un rêve
Qui t'a pu troubler ?

SYLVANDRE.

Ce mystère étrange
A beau t'étonner;
Je le tiens d'un ange,
Pourquoi raisonner?
Un Dieu vient de naître
Dans cet heureux jour;
Il nous fait connaître
Quel est son amour.

CLIMÈNE.

Le moyen de croire
Que le roi des cieux
Quitte tant de gloire
Pour naître en ces lieux.
Tu dis qu'il nous aime,
C'est un sort bien doux ;
Mais peut-il lui-même
S'oublier pour nous ?

SYLVANDRE.

Un cœur insensible
Ne peut présumer,
Que tout soit posssible
A qui sait aimer ?
Pour moi, je raisonne
Autrement que toi ,
Quand le cœur se donne
On n'est plus à soi.

CLIMÈNE.

A cette merveille ,
Dont j'entends parler,
Ma foi se réveille,
Je me sens brûler ;
Une sainte flamme
Fait dans ce moment
Régner dans mon âme
Ce divin amant.

SILVANDRE.

D'un transport si tendre ,
Suis la douce loi ;

Viens, sans plus attendre ;
Vole comme moi ;
L'amour nous appelle
Près d'un rédempteur ;
Quelle ardeur plus belle
Peut brûler un cœur.

NOEL

EN FORME DE DIALOGUE.

Joseph , mon cher fidèle,
Cherchons un logement;
Le temps pressé m'appelle
A mon accouchement ;
Je sens le fruit de vie,
Ce cher enfant des cieux,
Qui, d'une sainte envie,
Vient paraître à nos yeux.

Dans ce triste équipage,
Marie, allons chercher,
Partout le voisinage,
Un endroit pour loger ;
Ouvrez , voisins , la porte ,
Ayez compassion
D'une Vierge qui porte
Votre rédemption.

Holà ! dans la bourgade,
Craignons trop le danger,
Pour donner la passade
A des gens étrangers.
Au logis de la lune
Vous n'avez qu'à loger,

Le chien de la commune
Pourrait bien se venger.

Oh ! changez de langage,
Peuple de Bethléem,
Dieu vient ici pour gage,
Hélas ! ne craignez rien,
Mettez-vous en fenêtre,
Ecoutez-en ce dessein,
Votre Dieu, votre maître,
Doit sortir de mon sein.

Oh ! quel stratagème !
Pour arriver la nuit,
Tout le tour de Bohême,
Quand le soleil ne luit ;
Sans voir ni clair, ni lune,
Les méchants font leurs coups;
Gardez votre fortune,
Passants, retirez-vous.

O ciel, quelle aventure !
Que faire, où nous ranger,
Dans ce temps de froidure
Ne savoir où loger?
Créature barbare,
Ta rigueur lui fait tort,
Ton cœur déjà prépare,
Avant d'être à la mort.

Puisque la nuit s'approche,
Pour nous mettre à couvert,
Ah ! fuyons ce reproche,
J'aperçois un désert,
En forme de cabane ;
Allons, mon cher époux,

J'entends le bœuf et l'âne
Qui nous seront plus doux.

Que ferons-nous Marie,
Dans un si méchant lieu,
Pour conserver la vie
Au petit enfant-Dieu ?
Le monarque des anges,
Doit-il naître si mal,
Sans feu, sans draps, sans langes,
Ni sans palais royal ?

NOEL NOUVEAU

Sur l'air : *Je ne sais si je suis ivre.*

Dites-nous, Vierge Marie,
Qui vous a donné ce fils ?
De qui vous tenez la vie,
Dont j'attends le paradis ?
N'êtes pas une aurore,
Qui nous donne ce soleil
Que toute la terre adore ?
Il n'y en a pas un pareil.

Je ne suis que la servante
De cet enfant glorieux ;
De qui la beauté naissante
Ravit la terre et les cieux ;
L'éternel est cette aurore,
Qui nous donne ce soleil
Que toute la terre adore;
Il n'y en a pas un pareil.

O que vous êtes heureuse
Dans votre condition !

Que vous êtes glorieuse
D'être reine de Sion !
L'éternel est votre père,
L'Esprit-Saint est votre époux.
Et le fils vous a pour mère ;
Tous se plaisent avec vous.

Du moins, ô vierge Marie !
Mettez à l'abri du froid
Le petit poupon de vie
Qui va mourir sous ce toit :
Retirez-le de l'étable ,
Mettez le dedans mon cœur,
Le lieu est plus honorable
Pour le trône du Sauveur.

NOEL

Sur l'air : *C'est la rêverie.*

Allons, bergers, allons tous,
L'ange nous appelle :
Un Sauveur est né pour nous,
L'heureuse nouvelle ;
Une étable est le séjour
Qu'a choisi ce Dieu d'amour.
Courons zo, zo, zo,
Courons plus, plus, plus,
Courons zo, courons plus,
Courons au plus vite
A ce pauvre gîte.

De nos plus charmants concerts,
Que tout retentisse,
Le ciel à nos maux divers

Est enfin propice :
Ajoutons à ce grand jour,
Le fifre avec le tambour,
    Timbalin, lin, lin,
    Timbatron, tron , tron,
Timbalin, timbatron ,
Timbalin, trompette ,
    Hautbois et musette.

    Satan, au fond des enfers,
Brûlant de ses flammes,
Voulant dans ses mêmes fers ,
Entraîner nos âmes,
Ne craignons point son combat,
Tout son pouvoir est à bas,
    Malgré sa, sa, sa,
    Malgré fu , fu , fu ,
Malgré sa , malgré fu,
Malgré sa furie,
    Dieu nous rend la vie.

    Quel présent faut-il porter
A ce nouveau maître ?
Robin , pour le maillotter,
Offrira des langes ;
Grosgilet, un agnelet,
Moi, je porte avec du lait,
    Le plus beau, beau, beau,
    Le plus fro, fro, fro,
Le plus beau , le plus fro,
Le plus beau fromage
    De notre village.

    Mais pour bien faire la cour
A ce nouveau maître,

Notre zèle et notre amour
Doit surtout paraître ;
Que chacun offre son cœur,
Tout brûlant de cette ardeur ;
C'est la sain, sain, sain,
C'est la to, to, to,
C'est la sain, c'est la to,
C'est la sainte offrande
Que Jésus demande.

NOEL

Sur l'air : *Du vent.*

Réveillez-vous, berger,
Voici qu'on vous appelle.

QUI ES A QUI ?

Je suis le messager
D'une bonne nouvelle.

QUI A DE NABET ?

Le fils de Dieu,
Courage, bon courage,
Le fils de Dieu,
Qui est né dans ce bas lieu.
Ce verbe non pareil,
Ce sauveur adorable,

ET QU'A HEIT ?

Il est né cette nuit,
Dans une pauvre étable.

ES BERTAT ?

Venez l'y voir,

Courage, bon courage ;
Venez l'y voir,
Car c'est votre devoir.

Quand vous serez au lieu,
Auquel il se repose,

ET QUE QU'AU HA ?

Il vous y faudra tous
Présenter quelque chose.

ES TA PRAUBE ?

C'est votre Dieu,
Courage, bon courage,
C'est votre Dieu,
Qui est dans ce pauvre lieu,

Vous trouverez l'enfant,
Avec Marie sa mère.

ET QUI MÉ ?

Joseph y est aussi,
Qui lui sert comme père.

ET QU'OUS DIRAN ?

L'amour fervent,
Courage, bon courage ;
L'amour fervent,
Vous fera assez savant.

Présentez-lui vos cœurs,
Et lui en faites offrande.

ET PER QUÉ ?

Parce que ce grand roi
Le veut et le demande.

ET ARREI MÉ ?

Il est content,
Courage, bon courage ;
Il est content,
Faites-le humblement.

DIALOGUE

D'UN ANGE AVEC LES BERGERS.

L'ANGE.

Pasteurs, quittez vos troupeaux,
Laissez-les à l'aventure,
Paître sur ces verts coteaux, turelure,
Sans craindre la moindre injure,
Noël, turelure lure.

LES BERGERS.

A-t-on jamais vu de nuit
Et moins sombre et moins obscure ?
Cette étoile qui reluit, turelure,
Surprend toute la nature,
Noël, turelure lure.

L'ANGE.

Hâtez-vous, jeunes bergers,
Vous risquez dans la demeure,
Ne craignez pas les dangers, turelure,
Vous verrez dans un quart d'heure,
Noël, turelure lure.

LES BERGERS.

Colin, j'entends les hautbois
Auprès de cette masure,

Suivons, suivons cette voix, turelure,
Elle chante avec mesure, Noël, etc.

L'ANGE.

Venez voir ce pauvre enfant,
Tout nu couché sur la dure ;
C'est le fils du Tout-Puissant, turelure,
Qui est né d'une Vierge pure, Noël, etc.

LES BERGERS.

Un Dieu naître parmi nous,
Pauvre dans cette posture,
Messager, que dites-vous, turelure,
Serait-ce quelque imposture? Noël, etc.

L'ANGE.

Une crèche est son berceau,
La paille en fait la parure ;
Le froid déchire sa peau, turelure,
Dont sa tendre mère pleure, Noël, etc.

LES BERGERS.

Allons offrir nos présents,
D'un cœur humble et de droiture ;
Pour faire nos compliments, turelure,
Jeannot entend l'écriture, Noël, etc.

— Je lui porte mon capot,
Il est d'une grosse bure,
S'écria d'abord Guillot, turelure,
Pour le grand froid qu'il endure, Noël, etc.

— Et moi, répondit Colin,
Une veste sans couture,
Qu'a brodée ma sœur Catin, turelure,
Et cette large ceinture, Noël, etc.

Voyez-vous, le gros Colas,

Qui lui porte une méture,
Pierrot un fromage gras, turelure,
Du lait pour sa nourriture , Noël, etc.

JEANNOT POUR TOUS LES BERGERS.

Cher enfant, à deux genoux,
Je promets, et vous le jure,
De n'aimer jamais que vous, turelure,
Je suis votre créature, Noël, etc.

Dans ce jour si solennel!
Chers amis, je vous conjure,
Rendons grâce à l'Eternel, turelure,
Et chantons sans tablature,
Noël, turelure lure.

NOEL

Sur l'air : *O Filii et Filiæ.*

Chrétiens, chantons le roi des cieux,
Qui vient de naître en ces bas lieux;
Chantons un jour si solennel.
Noël, Noël, Noël, Noël.

Jésus triomphe des enfers ;
Il rend la paix à l'univers;
Célébrons son règne éternel.
Noël , etc.

Tout est changé par son amour,
Et notre sort en ce grand jour
Est aussi doux qu'il fût cruel.
Noël, etc.

On ne doit plus verser des pleurs
Un Dieu finit tous nos malheurs.

Que fit le crime originel.
Noël, etc.

L'orgueil de nos premiers parents
Avait perdu tous leurs enfants,
Tout l'univers fut criminel.
Noël, etc.

Le Dieu des cieux, le roi des rois,
Daigne ici bas faire le choix
De l'humble nom d'Emmanuel.
Noël, etc.

Tout l'Univers était perdu,
Mais le Sauveur est descendu;
Un Dieu pour nous s'est fait mortel.
Noël, etc.

Sion, Sion, réjouis-toi,
De voir naître ton divin roi,
Pour être père d'Israël.
Noël, etc.

Pour bien répondre à ses bienfaits,
Ton tendre amour doit à jamais
Brûler l'encens sur son autel.
Noël, etc.

Déjà l'agneau veut s'immoler,
Tout son sang brûle de couler;
Viens voir cet innocent Abel.
Noël, etc.

Ah! quel bonheur tu tiens de lui;
Le ciel devient, dès aujourd'hui,

Ton héritage paternel.
Noël, etc.

Que tout réponde à nos concerts,
De mille cris frappons les airs :
Chantons un jour si solennel.
Noël, etc.

NOEL NOUVEAU.

Pécheur, tu dors encore,
Tout veille cette nuit ;
Le jour presse l'aurore,
Déjà le soleil luit ;
Tout le firmament s'ouvre ;
Jésus quitte son Louvre ;
Hâte-toi, pécheur,
Viens voir ton Sauveur,
Qui t'ou... ou... ou... ouvre
Ses grâces et ses trésors,
Et cependant tu dors ?

Hélas, quelle fortune !
Il n'y a rien de pareil ;
La terre voit la lune
Enfanter le soleil :
Quel prodige de grâce
Jésus naît sur la glace ;
Marche donc, pécheur,
Viens voir ton Sauveur,
Qui t'ou... ou... ou... ouvre
Ses grâces et ses trésors,
Et cependant tu dors ?

L'enfer est tout en larmes ;

Ses assauts sont rompus !
Jésus a pris les armes
Pour les enfants perdus;
Ce divin roi de grâce,
Vient de quitter sa place.
Marche donc, pécheur,
Viens voir ton Sauveur,
Qui t'ou... ou .. ou... ouvre
Ses grâces et ses trésors,
Et cependant tu dors?

NOEL

Sur l'air : *Charmante Gabrielle*

Bel astre dont j'adore
L'éclat dans son berceau;
Soleil qui tout redore
D'un lustre tout nouveau,
Renouvelle mon âme,
Dans ce beau jour,
De la plus belle flamme
De ton amour.

Cette âme est ton image
Tes rayons l'ont tracée,
Mais de ce bel ouvrage
Le lustre est effacé.
O source de lumière !
Reluis sur moi,
Et ma réforme entière,
Viendra de toi.

Ce soleil de justice,
C'est vous, divin enfant;

Cet astre si propice,
C'est vous-même naissant,
Brûlez nos cœurs des flammes
De vos ardeurs,
Es brillez sur nos âmes,
Par vos splendeurs.

Le monde avec ses charmes,
N'a plus de quoi charmer,
Vos attraits sont des charmes,
Qui doivent désarmer,
Votre amour est si tendre,
O doux Sauveur !
Que tout cœur doit se rendre
A sa douceur.

Votre éclat admirable,
Qui brille au haut des cieux,
Semble encor plus aimable,
Naissant en ces bas lieux ;
Plus vos grandeurs s'abaissent
Pour des mortels,
Plus il faut qu'il vous dressent
De saints autels.

Vous êtes né pour l'ange,
Vous le quittez pour nous,
O merveilleux échange !
Les cieux en sont jaloux,
Comblant de tant de grâces
Tous les pécheurs,
Faites fondre les glaces
De tous les cœurs.

NOEL NOUVEAU

Sur l'air : *Le Verbe s'est fait chair.*

Mon doux Sauveur est né
Cette nuit dans la crèche,
Je veux m'en approcher,
Pour savoir ce qu'il prêche.
   Mon Dieu,
Que vous êtes aimable
Dans ce saint lieu !   *bis.*

Je vous croyais logé
Dans le lieu de la gloire,
Et je vous vois couché
Dans une mangeoire ;
   Mon Dieu, etc,   *bis.*

Verbe de l'Eternel,
Lumière des lumières,
Amour du Saint-Esprit,
Fils d'une Vierge mère ;
   Mon Dieu, etc.   *bis.*

Quoi ! vous vous abaissez
Jusqu'à notre nature,
Pour guérir le péché
De votre créature :
   Mon Dieu, etc.   *bis.*

Dauphin du paradis,
Chaste époux de mon âme,
Je veux vous immoler
Et mon cœur et ma flamme :
   Mon Dieu, etc.   *bis.*

Éveillez vous, pasteurs,

Entrez dans cette étable,
Vous verrez un agneau
Qui chassera le diable :
 Mon Dieu, etc.

          bis.

Sages de l'Orient,
Grands princes d'Arabie,
Adorez cet enfant,
Votre roi, votre Messie ;
 Mon Dieu,
Que vous êtez aimable ! etc.

          bis.

AUTRE NOEL,

Sur l'air de *Joconde.*

LES ANGES.

Venez pasteurs, accourez-tous,
Laissez-vos pâturages :
Un nouveau roi naît parmi nous
Portez-lui vos hommages :
N'oubliez pas vos chalumeaux,
Ni vos douces musettes ;
Et faites de vos airs nouveaux
Retentir ces retraites.

UN PASTEUR.

Quelle est cette agréable voix
Qui ravit mes oreilles ?
Peut-on entendre dans ce bois
De si douces merveilles ?
D'où vient cet admirable bruit
Cette douceur charmante !

Lorsque le sommeil me poursuit
Ce beau concert m'enchante.

UN ANGE.

Berger, tu dors hors de saison ,
Le soleil de la grâce,
Vient de briller sur l'horizon.
Ce discours te surprend,
Je vais parler plus clairement :
Le Sauveur vient de naître,
Et je descends du firmament,
Pour t'annoncer mon maître.

LE PASTEUR.

O quel éclat frappe mes yeux,
Malgré la nuit profonde !
Sans doute c'est le roi des cieux
Qui vient de naître au monde.
Je sens déjà dans mon esprit
Sa grâce qui m'éclaire ;
Cette lumière me suffit
Pour un si grand mystère.

L'ANGE.

Viens donc, berger, ne tarde pas
De lui montrer ton zèle ;
On ne peut trop hâter ses pas
Quand un Dieu nous appelle.
Cours éveiller tout le hameau,
Et que chacun s'empresse
De venir voir dans le berceau
Ce Dieu plein de tendresse.

LE PASTEUR.

Allons, bergers, éveillez-vous,
Courons vers le Messie :

Anges du ciel, conduisez-nous
Vers l'auteur de la vie ;
Enseignez-nous l'heureux séjour,
Choisi pour sa naissance,
Et soyez sûrs, à votre tour,
De notre obéissance.

NOEL NOUVEAU

Sur l'air : *Nanon dormait sur la verte fougère.*

Michaut veillait,
La nuit dans sa chaumière,
Près d'un hameau,
Il gardait son troupeau ;
Le ciel brillait
D'une vive lumière ;
Il se mit à chanter :
Je vois, je vois l'étoile du berger.

Au bruit qu'il fit,
Les pasteurs de Judée,
Tout en sursaut,
S'en vont trouver Michaut ;
Auxquels il dit :
La Vierge est accouchée
A l'heure de minuit,
Voilà, voilà ce que l'ange a prédit.

Marchez, pasteurs,
Promptement vers l'étable ;
C'est là le lieu
Où repose ce Dieu.
Donnez vos cœurs,
Cet enfant est aimable,

S'il vient ici souffrir,
Vos maux, vos maux, il prétend les guérir.

Un pauvre toit
Servait de couverture
A la maison
De ce roi de Sion :
Le vent soufflait
D'une horrible froidure.
Au milieu de l'hiver,
Il vient, il vient ici pour nous sauver.

Sa mère était
Assise près la crèche,
L'âne mangeait
Et le bœuf l'échauffait ;
Joseph priait,
Sans chandelle ni mèche ;
Dans ce triste appareil,
Jésus, Jésus brillait comme un soleil.

Faites, Sauveur,
Que votre sainte enfance
Nous place aux cieux,
Parmi les bienheureux :
Ah ! quel bonheur !
Si dans notre souffrance,
Nous pouvons mériter
Un bien, un bien que nul ne peut ôter,

NOEL

Sur l'air : *Des pèlerins.*

Nous sommes trois souverains princes
De l'Orient,

Qui voyageons de nos provinces,
En Occident,
Pour saluer le roi des rois
A sa naissance,
Et recevoir les belles lois
Que donne son enfance.

Apprenez-nous, peuple fidèle,
De ce beau lieu,
Si vous savez quelque nouvelle
Du fils de Dieu ;
Enseignez-nous, par charité,
Quel est le Louvre
Qui cache la nativité
Que le ciel nous découvre.

Nous voulons rendre nos hommages
A sa bonté,
Et saluer tous trois, en mages,
Sa majesté ;
Nous lui portons pour tous présents
Nos diadèmes,
Avec l'or, la myrrhe et l'encens,
Pour nous offrir nous-mêmes.

Le firmament, dessous le voile
De cette nuit,
Découvre une biillante étoile,
Qui nous conduit ;
Nous nous guidons par les beaux feux
Qu'elle fait naître,
Pour tâcher d'accomplir nos vœux ,
Adorant notre maître.

Suivons la donc, puissants monarques,
Dans tous les lieux

Puisque ce sont de vraies marques
  Du roi des cieux ;
Suivons ces beaux chars attelés
  Qu'on voit reluire ;
Il ont paru sur nos palais,
  Afin de nous conduire.

Mais où court cette grande foule
  Près de ce bois ?
Il semble que la terre roule
  Sous un seul poids :
Ne voyez-vous point des étrangers
  Tous pêle-mêle,
Et une troupe de bergers
  Qui chantent avec zèle ?

Hélas ! pour admirer la fête
  De tant de gens,
Je vois qu'une étoile s'arrête
  Sur ces paysans ;
Serait-ce bien ce petit lieu,
  Sans couverture,
Qui nous cache le fils de Dieu
  Dessous notre nature ?

Faites-nous quelque peu de place,
  Mes chers amis,
Pour voir ce fils rempli de grâce,
  S'il est permis ;
Nous venons trois en même temps
  De l'Arabie,
Pour consacrer quelques présents
  A ce beau fruit de vie.

O grand Dieu, de qui notre empire
  Chérit les lois,

Nous sommes, l'oserons-nous dire,
Trois petits rois,
Qui venons rendre ce devoir
A votre enfance,
Lui présentant notre pouvoir
Et notre obéissance.

Nous vous portons dans ces trois boîtes
Quelques présents,
Et vous offrons avec nos têtes
Un peu d'encens ;
Agréez donc notre trésor
Pour notre hommage,
En recevant la myrrhe et l'or,
Bénissez les trois mages.

NOEL

Sur l'air : *Vartéguié, Monsieur le curé.*

Quand je vois
Mon maître et mon roi
Naître pour moi,
Je chante en vertu de ma foi :
Que c'est l'amour
Qui met en ce jour
Ce saint enfant,
Ce Dieu tout-puissant,
Jusqu'au néant ;
Quoique éternel,
Comme mortel,
Il vient souffrir pour sauver Israël ;
C'est le vrai Dieu, le rédempteur,
De tout pécheur
Qui souffre la rigueur
D'une insupportable froideur.

3

Quoiqu'il soit notre créateur,
Pour souffrir tous ces maux,
Il naît entre deux animaux.
Evénement bien surprenant!
Un Dieu, sans commencement,
Semble commencer en naissant.

Amour, tu nous causes ce bien !
Tu romps le dur lien
Qui, depuis la chute d'Adam,
Nous tenait captifs de Satan :
Chantons tous, ô jour fortuné !
Notre libérateur est né;
Naissance de notre chère liberté,
Heureuse et fortunée offense !
Puisque la divinité
S'unit dans ce mystère à notre humanité.

Heureux sort !
Vainqueurs de la mort
Sans nul effort
Nous arrivons à l'heureux port :
C'est à minuit
Qu'un beau soleil luit ;
Dans tous nos champs,
Des anges chantants
Disaient aux paysans :

Venez, venez,
Gens fortunés ;
Soyez ravis et soyez étonnés :
Venez donc voir d'un Dieu mortel
Le sort cruel ;
Plus innocent qu'Abel,
Il souffre comme un criminel ;
Une étable lui sert d'hôtel ;

Par un excès d'amour,
Il choisit ce triste séjour.

Evénement bien surprenant !
Un Dieu d'une Vierge est né,
Sans blesser sa virginité ;
Marie voit en ce moment
Son père et son enfant,
Son maître et son divin Seigneur,
Et des hommes le rédempteur :
Cette merveille la ravit,
Elle l'adore et le chérit ;
Naissance de notre chère liberté,
Heureuse et fortunée offense !
Puisque la divinité
S'unit dans ce mystère à notre humanité.

AUTRE NOEL

Sur l'air : *Trahison , Dieu te maudit*, etc.

Noël pour l'amour de Marie,
Nous chanterons joyeusement :
Elle apporta le fruit de vie,
Ce fut pour notre sauvement.

Joseph et Marie s'en allèrent,
Un soir bien tard en Bethléem ;
Ceux qui tenaient hôtellerie,
Ne les prisaient pas en rien.

S'en allèrent parmi la ville,
D'huis en huis logis quêtant,
A l'heure la Vierge Marie ,
Etait bien près d'avoir enfant.

S'en allèrent chez un riche homme,
Logis demander humblement :
Et on leur répondit en somme :
— Avez-vous chevaux largement ?

—Nous avons un bœuf et un âne,
Vous les voyez ici présents ;
— Vous ne semblez que truandaille,
Vous ne logerez point céans.

Ils s'en allèrent chez un autre,
Logis demander pour argent ;
Et on leur répondit en outre :
—Vous ne logerez point céans.

Joseph va regarder un homme,
Qui l'appelle méchant paysan.
Où mènes-tu cette jeune femme,
Qui n'a pas plus haut de quinze ans ?

Joseph lors regarda Marie,
Qui a le cœur triste et dolent,
En lui disant : Ma chère amie,
Ne logerons-nous autrement ?

— J'ai vu là une vieille étable,
Logeons-nous-y pour le présent ;
A l'heure la Vierge Marie
Etait bien près d'avoir enfant.

A minuit, en cette nuitée,
La douce Vierge eut un enfant.
Sa robe n'était point fourrée,
Pour l'envelopper chaudement.

Elle le mit dedans la crèche,
Sur un peu de foin seulement,

Une pierre dessous sa tête,
Pour reposer le roi puissant.

Très-chères gens, ne vous déplaise,
Si vous vivez bien pauvrement,
Si fortune vous est contraire,
Prenez-le tout patiemment.

En souvenance de la Vierge,
Qui prit son logis pauvrement,
En une étable découverte,
Qui n'était pas fermée devant.

Or, prions la Vierge Marie
Que son fils veuille supplier,
Nous faire mener telle vie,
Qu'en paradis puissions aller.

Si une fois pouvons y être,
Jamais ne nous faudra plus rien.
Ainsi fut logé notre maître,
Le doux Jésus, en Bethléem.

NOEL NOUVEAU.

Pasteurs, sortez tous du hameau,
Ne craignez rien pour vos houlettes ;
Venez tous avec vos musettes
Adorer un enfant nouveau ;
Venez tous avec vos musettes
Adorer un enfant nouveau.

Quel est donc cet enfant nouveau,
Cent fois plus brillant que l'aurore ?
C'est celui que le ciel adore,
C'est de Dieu l'innocent agneau. *bis.*

Allons voir cet enfant nouveau,
Laissons nos troupeaux, nos houlettes,
Courons tous avec nos musettes,
Adorer ce divin agneau.　　　　　　　　*bis.*

Cet enfant, de tous le plus beau,
Mérite nos parfaits hommages ;
Allons donc avec les rois mages
Adorer cet enfant nouveau.　　　　　　　*bis.*

Périsse plutôt mon troupeau,
Brisé-je plutôt ma houlette,
Si je cesse sur ma musette
De louer cet enfant nouveau.　　　　　　*bis.*

Je veux du céleste flambeau
Ne voir plus la clarté parfaite,
Si je cesse sur ma musette
De louer cet enfant nouveau.　　　　　　*bis.*

AUTRE NOEL.

Que notre allégresse
Brille en ce beau jour ;
Répétons sans cesse,
Chacun tour à tour :
Hodie Christus, nobis est datus.

Dans une chaumine,
Fortunés chrétiens,
La bonté divine
Nous comble de biens :
Hodie Christus, nobis est datus.

D'une Vierge-mère,
Le Verbe incarné,
Dans une masure
Pour son peuple est né :
Hodie Christus, nobis est datus.

Là, de leur haleine,
Deux forts animaux
Echauffent la scène
Qui finit nos maux :
Hodie Christus, nobis est datus.

Ceux de la houlette,
Mariant leur voix,
Avec leurs musettes,
Chantent dans les bois :
Hodie Christus, nobis est datus.

A leur symphonie
Les petits oiseaux
Mêlent l'harmonie
Aux chants les plus beaux :
Hodie Christus, nobis est datus.

L'écho solitaire
Redit avec eux,
Gloire au salutaire
Descendu des cieux :
Hodie Christus, nobis est datus.

Trois grands personnages
Venus d'Orient,
Furent rendre hommage
A ce roi naissant :
Hodie Christus, nobis est datus.

Ils vont à la crèche,
Conduits par la foi ;
Rien ne les empêche
D'aller voir leur roi :
Hodie Christus, nobis est datus.

Voyant le Messie,
Couché sur du foin,
De la prophétie
Ils ne doutent point :
Hodie Christus, nobis est datus.

Charmés de la grâce
De leur doux Sauveur,
Ils lui font, la face
Contre terre, honneur :
Hodie Christus, nobis est datus.

La chaste Marie
Voit avec plaisir,
L'écrit d'Isaïe
Par eux s'accomplir :
Hodie Christus, nobis est datus.

NOEL NOUVEAU

Sur l'air : *Du haut en bas.*

AU GLORIA,
Qu'entonne une voix des plus sages,
AU GLORIA,
Unissons un alleluia ;
En donnant nos nouveaux suffrages,
Nos attentions et nos hommages,
AU GLORIA.

IN EXCELSIS,
Au Dieu qui naît dans la bassesse,
IN EXCELSIS,
Portons nos cœurs et nos esprits ;
Et d'un ton rempli d'allégresse,
Avec l'ange chantons sans cesse :
IN EXCELSIS.

ET IN TERRA,
Vient enfin la paix désirée,
ET IN TERRA,
Parmi nous elle restera ;
Depuis qu'un Dieu l'a procurée,
Comme une faveur assurée,
ET IN TERRA.

HOMINIBUS,
Qui sont une volonté bonne,
HOMINIBUS,
Les grâces viennent beaucoup plus
Que ne mérite leur personne,
Quand sans reproche Dieu les donne,
HOMINIBUS.

LAUDAMUS TE,
Nous vous louons, beauté suprême,
LAUDAMUS TE.
Et tandis qu'on est à chanter,
Qu'on vous adore, qu'on vous aime,
Nous chanterons jusqu'à l'extrême :
LAUDAMUS TE.

A ces concerts,
Que donnent des cœurs angéliques,
A ces concerts
Qui retentissent dans les airs,

Chrétiens, unissez vos cantiques,
Les plus doux, les plus magnifiques,
    A ces concerts.

    Dans cette nuit,
Un Dieu descend du ciel sur terre,
Dans l'enfer le démon frémit,
Sous les éclats de ce tonnerre,
Qui vient lui déclarer la guerre,
    Dans cette nuit.

    Qu'on est heureux
De n'être plus dans l'esclavage,
    Qu'on est heureux
De voir que l'esprit ténébreux
Ne peut plus lancer davantage,
Sur l'homme, les traits de sa rage,
    Qu'on est heureux.

    Dans ce berceau,
Le fils de Dieu trouve son trône,
    Dans ce berceau,
Par un spectacle nouveau,
Nous voyons que le ciel lui donne,
De gloire, d'honneur la couronne,
    Dans ce berceau.

    Quoiqu'il soit roi,
D'un sujet il prend la figure,
    Quoiqu'il soit roi,
Il veut se soumettre à la loi,
Qu'un peuple ingrat de la nature,
Dans huit jours lui rendra très-dure,
    Quoiqu'il soit roi.

    Humilions-nous
Aux yeux d'un Dieu qui s'humilie

Humilions-nous,
Devant lui tombons à genoux.
Si toute créature plie,
Au nom terrible du Messie,
Humilions-nous.

De nos présents,
Donnons, comme Dieu le demande,
De nos présents,
Donnons-lui les plus excellents,
Et que nos cœurs qu'il nous demande
Deviennent la plus belle offrande
De nos présents.

NOEL

Sur le Magnificat.

Mortel, entends Marie,
Qui dit dans son bonheur :
Mon âme glorifie
Son aimable Saûveur.
Pour chanter les louanges
D'un Dieu dont l'éclat
Fait trembler tous les anges,
Chantons MAGNIFICAT.

Le ciel m'a distinguée :
Entre les fils d'Adam,
La sagesse incréée,
Veut être mon enfant :
Dieu dans mon sein l'envoie
Et toujours mon esprit
Et ma langue de joie,
Dit EXULTAVIT.

De son humble servante,
Dieu voit bien le néant,
Il lui plaît que j'enfante
Un Verbe si charmant ;
Aussi toujours la terre
Vantera mon crédit ;
S'il quitte son tonnerre,
C'est QUIA RESPEXIT.

Le Tout-Puissant signale
L'homme par sa bonté ;
Il me rend sans égale,
Voilà sa volonté ;
Le Messie, pour mère,
A voulu me choisir,
L'univers me révère,
QUIA FECIT MIHI.

C'est la miséricorde
De ce Dieu éternel,
Qui se répand, se déborde
Dans tout être mortel ;
Transporté d'allégresse,
Chantons ALLELUIA,
Mais non pas sans tendresse
ET MISERICORDIA.

Dieu renverse par terre
Tous les superbes rois,
Soit en paix, soit en guerre,
S'ils méprisent ses lois ;
Témoin du fait peut être
Le superbe Satan :
Dieu le punit en maître,
FECIT POTENTIAM.

Dieu méprise et rejette,
Dans sa juste fureur,
Toute vaine richesse,
Et même tout bonheur.
Le pauvre a ses caresses,
Et par son propre fruit,
Il obtient ses largesses,
Chantons DEPOSUIT.

Ce Dieu n'a que caresses
Pour les cœurs innocents ;
Il donne ses largesses
Aux pauvres gémissants ;
Le riche en abondance
Est toujours affamé ;
Dieu voit mon indigence,
Car ESURIENTES.

Mais si quelqu'un se flatte
De voir un Dieu si doux,
Son bras puissant éclate
Et bannit le courroux ;
Il vient donc se faire homme
Pour nous ouvrir le ciel :
Ah ! quelle heureuse somme !
SUSCEPIT ISRAEL.

Abraham notre père
Aux lymbes descendit ;
Avec son fils espère
Du rédempteur le fruit ;
C'est de Dieu la promesse,
Et le fils est tout prêt
A montrer sa tendresse,
SICUT LOCUTUS EST.

Chantons donc gloire au père,
Et gloire au rédempteur,
Dont je suis fille et mère
Par un bien grand bonheur.
Gloire à l'esprit paisible,
Qui mon sang purifia,
Forma un corps paisible,
Chantons donc GLORIA.

La terre désolée
Par le péché d'Adam,
Sera donc réparée
Par mon céleste enfant ;
Satan quitte la place,
Car voici le contrat,
L'homme remis en grâce,
Sera SICUT ERAT.

NOËL

POUR LE JOUR DE LA CONCEPTION DE LA SAINTE VIERGE ,

Sur les airs: *Malgré la bataille qu'on donne demain*, ou *Chantons je vous prie Noël hautement*, ou *Lou matin d'ab joyo et lou benté pléé.*

Malgré ta colère,
Tyran des enfers,
Une Vierge-mère
Echappe à tes fers ;
Ta rage est déchue,
Demeure caché,
Marie est conçue
Sans aucun péché.

La chute fatale
Des premiers parents
Devient générale
Pour tous les enfants ;
Le Seigneur propice
Accourant soudain
Près du précipice
Lui tendit la main.

Lorsqu'à sa menace
Tout frémit d'effroi,
Elle trouve grâce
Auprès de son roi.
Il la justifie
Et lui dit tout bas :
Ne crains point Marie,
Tu ne mourras pas.

Va-t-en sur la terre
Verser mes bienfaits ;
Je lui fis la guerre ,
Porte-lui la paix ;
Que rien ne t'arrête :
Ton pied triomphant
Doit briser la tête
De l'ancien serpent.

S'il te voyait naître
Esclave à son tour,
Le démon peut-être
Me dirait un jour :
Majesté suprême ,
Dieu de l'univers,
Ta mère elle-même
A porté mes fers.

Auguste Marie ,
Voyez nos malheurs ;
Vous fûtes choisie
Mère des pécheurs :
Faites par la grâce
De votre cher fils ,
Que nous ayons place
Dans le paradis.

NOEL NOUVEAU

Sur l'air : *Je suis simple , née au village.*

De sa gloire l'être suprême
Daigne descendre dans ces lieux ;
Le souverain maitre des cieux,
Parfaite image de Dieu même ,   *bis.*
Daigne descendre dans ces lieux.   *bis.*

J'entends les voix qui nous l'annoncent ;
Les anges chantent dans les airs :
Le nom du Dieu de l'univers
Est toujours celui qu'ils prononcent.   *bis.*
Ecoutons ces charmants concerts.   *bis.*

De sa gloire l'être suprême, etc.

NOELS NOUVEAUX,

BÉARNAIS ET GASCONS.

NOELS FRANÇAIS ET BÉARNAIS,

EN FORME DE DIALOGUE,

Sur l'air : *Aigues caütes, aigues redes.*

L'ANGE.

Chers pasteurs, que d'allégresse,
Que d'amour dans ces bas lieux ;
Un Dieu rempli de tendresse
Vient pour vous ouvrir les cieux.

LE PASTEUR.

Ey aquere la noubelle
Qui per tout hé tant de brut,
Et que rempleix tout fidèle
De l'espoir de son salut ?

L'ANGE.

Oui, bergers, c'est votre maître
Qui vient vous donner la paix ;
C'est pour vous qu'il vient de naître,
Profitez de ses bienfaits.

LE PASTEUR.

Anem pastous, touts amasse,
Lechem aci lou troupet ;
Puisqu'ey u Diu qu'ins hé grâce
Anem serca sou castet.

L'ANGE.

Cet enfant si respectable
N'est point né dans un château
Son Louvre n'est qu'une étable,
Une crèche est son berceau.

LE PASTEUR.

Lou Diu de magnificence
Qui dens lou ceou poussedat,
Et qui per nous pren nechence
Quey dounc praubemen loudyat ?

L'ANGE.

Quoique par lui le ciel s'ouvre,
Quoiqu'il soit le fils de Dieu,
Il n'est point né dans un Louvre,
Mais dans le plus triste lieu.

LE PASTEUR.

L'éternel que pren nechence,
L'immortel que bien mouri,
Que répare nouste ouffence
Et lou ceou qu'ens bien oubri.

L'ANGE.

Oui, pasteurs, par sa victoire
Il vous rend victorieux ;
Quittant l'éclat de sa gloire,
Il vient vous ouvrir les cieux.

LE PASTEUR.

Tout aquo ney pas croyable ;
Diu ney pas qu'u pur esprit,
Eternel, grand, immuable,
Ange deu ceoù q'uabets dit ?

L'ANGE.

Lorsqu'Adam mangea la pomme,
Pour vous le ciel fut perdu :
Par la mort d'un Dieu fait homme
Le ciel vous sera rendu.

LE PASTEUR.

L'innoucen, per lou coupable,
Qu'es bou dounc bienne immoula ?

Diu deu ceou bet bous aimable!
Quid poudere trop ayma?

L'ANGE.

Pour réparer votre crime
Et calmer un Dieu vengeur,
Il fallait un Dieu victime
Sous la forme d'un pécheur.

LE PASTEUR.

Diu que eachats boste glori
Per u miracle d'amou,
Boillats qu'au ceou joub adori
Com mon Diu, mon Saubadou.

AUTRE NOEL

FRANÇAIS ET BÉARNAIS, EN FORME DE DIALOGUE,

Sur l'air : *Lou matin dab joye,* etc , et *Du haut en bas.*

L'ANGE.

Un Dieu vous appelle,
Levez-vous, pasteur,
Courez avec zèle
Vers votre Sauveur;
Le Dieu du tonnerre
Promet désormais
La fin de la guerre,
La paix pour jamais.

LE PASTEUR ENDORMI.

Lechem droumi,
Noum biengues troubla la cerbelle
Lechem droumi,
Tire en deban sec tou cami:
Ney pas besoin de sentinelle,
Ni ney que ba de ta noubelle,
Lechem droumi.

L'ANGE.

A cette merveille
Peut-on sommeiller?

Elle est sans pareille,
Il faut s'éveiller :
Venez qu'on seconde,
Nos chants et nos voix,
Que l'écho réponde
Jusqu'au fond des bois.

LE PASTEUR.

Encoüere u cop,
Si tum hés quitta ma paillasse,
Encoüere u cop,
Jou e harey courre au grand galop :
Si ta leu sorti de ma yace,
N'esperes pas cartié ni grâce,
Encoüere u cop.

L'ANGE.

Venez rendre hommage
A ce nouveau-né;
Portez lui pour gage
Ce cœur obstiné :
Levez-vous sans craindre,
Faites un effort,
Cessez de vous plaindre
Dans votre heureux sort.

LE PASTEUR.

Lou sort heuroux,
Ney pas jamey nouste partaye,
Lou sort heuroux
Ney pas en taus praubes pastous :
Per qu'in estrange badinadye
Bos tu qu'ayam per u maynaye,
Lou sort heuroux.

L'ANGE.

Les rois obéissent
A sa tendre voix ;
Les démons fléchissent
Soumis à ses lois:
L'enfer rend les armes
A ce Dieu vainqueur,
Rendez-vous aux charmes
De ce rédempteur.

LE PASTEUR.

Joum bau lleba ;
Et si ten bantes, crouts de paille,
Joum bau lleba ; ·
Més be ten poyras mau trouba :
Tout homi qui cum tu se raille,
Ney pas sens doute arré qui baille ;
Joum bau lleba.

L'ANGE.

Ouvre la paupiére,
Vois les cieux ouverts ;
Vois cette lumière,
Entends nos concerts.
Un Dieu charitable
Vient briser tes fers ;
Sa main favorable
Ferme les enfers.

LE PASTEUR RÉVEILLÉ.

Diu ! que bey jou ?
Ange deu ceou, qu'in bet spectacle !
Diu ! que bey jou ?
Tout bé m'annonce u Saubadou ;
A mon salut n'y a mes d'obstacle,
Lou ceou s'oubreix, ah ! qu'in miracle
Diu ! que bey jou ?
La pou me pren,
Qouan enteni ta gran tapadye,
La pou me pren,
Qouan jou bey courre tan de yen,
Que s'en ban de cap au biladye,
Dab tan d'ardou, tan de couradye,
La pou me pren.

L'ANGE.

Venez sans rien craindre,
Ne balancez pas :
Et sans vous contraindre
Redoublez vos pas :
C'est dans ce village,
Dans un pauvre lieu,
Près de ce bocage,
Qu'on voit l'enfant Dieu.

LE PASTEUR.

Que diset-bous?
Aquo nou paresh pas crouyable,
Que diset-bous?
Que ban ba touts aquets pastous?
Bede leur Diu dens une estable,
Aquo be semble bere fable,
Que diset bous?

L'ANGE.

Un cœur bien fidèle
S'en rapporte à moi,
Un esprit rebelle
N'a jamais de foi :
Pour le bien comprendre
Allez dans ce lieu :
Partez, sans attendre,
Vers cet enfant Dieu
Ce sauveur vous prêche
Par sa pauvreté ;
Il choisit la crèche
Par humilité :
Pour votre défense,
Il naît sous vos yeux,
Vous rend l'innocence,
Vous ouvre les cieux.

LE PASTEUR.

Anjou adiu siat ;
Jou bau sauta, bau courre biste,
Anjou adiu siat,
Escusat-me sey mau parlat :
Jou aurey d'abord ue biste,
Lou lugra m'enseigne la piste :
Anjou, adiu siat.

NOEL

Sur l'air: *O nuit gracieuse.*
Lou meste deus anjous,
Lou rey deus arcanjous,
Qu'es à noueit badut :

Anem touts amasse,
A trabez la glace,
Bers lou Diu p'ajut.

Ni per la gélade,
Ni per l'escurade,
Nous estam de parti ;
Lou qui la fé guide,
Et qui en Diu se hide,
Nous pot esbarri.

Trigaram encouere,
Mes ben semble here
Qu'acet het lugra,
Qui deu ceou débare,
Qu'en dits que bitare,
Qu'ey bam arriba.

Bem semble de bede,
Jou at gauseri crede,
Bet jou nou sey que,
Coum ne maynadette,
Sus bere medette,
De paille ou de hec.

Digat-nous, Marie,
Digat, je vous prie,
Qu'ey ço qui jou bey
Tantos accouchade,
Y adare llebade,
Chens cade de miey.

Be s'en soun troubades,
Las noustes besiades
En lou medich cas,
Encouere d'ad pene
Après la quinzene,
Sourtiben deu jas.

Jou ey gran pou l'ayne,
Sus l'enfant desgayne
Quauque cop de pé,
Si lou boueou houlege,
Ou lise cournege,
Pou bet miey lou hé.

Courre bau com l'aire,
Nou trigarey gouaire

Jou bau leu tourna,
Jou bau ana coueille
Ço qui aura de miëilli
Per lou bajoula.

NOEL

Sur l'Air : *Venez divin Messie*, ou *Rébeillats-bous Maynades*.

Celebrem la néchence
De noste aymable Saubadou ;
Pleis de recounechence
Adorem sa grandou !
Voici lou temps tan attendut ;
Lou Messie quey descendut,
Nouste ennemic quey confondut ;
Diu fineix nouste guerre ;
Et lou plus gran de tous lous bés,
La pats dessus la terre
Que règne per jamais.

Diu éternel comme son pay;
Ed s'incarno au sée d'ue may,
Que bou debienne noste fray ;
Meste de la nature,
Que cache toute sa grandou
Debat l'umble figure
De l'homi pecadou.

O Saubadou plé de bontat !
Si bous ne m'abets tant aymat,
Qui jamey m'aurée rachetat ?
Ma désobéissence
D'abort que m'abé condamnat ;
Mes per boste néchence,
Mon sort quey tout cambiat.

A l'exemple deu Saubadou,
En ta respoune à son amou,
D'u co soulet auram nous prou ?
Consacrem sens partadye,
Noustes desis, noustes actious,
Au benadit maynatye,
Qui bien souffri per nous.

NOEL

Sur l'Air : *Boleyre en ça.*

PREMIERS PASTEURS.

Boleyre en ça, brabes pastous,
La pechense qu'ey aci grasse ;
Hets-y passa bostes moutous,
Qu'eus y aram tous péche amasse.

AUTRES PASTEURS.

Oh ! que be nous gouardaren bet,
Que boulem ha bet aute biatge,
Aci lechem noste troupet,
Que courem tad acet bilatge.

PREMIERS PASTEURS.

Acquet bilatge ei Bethléem
Eh ! qu'inere ou qu'intéresse ;
D'eb en anna d'aquet estrem,
D'ab tant d'ardou, d'ab tant de presse ?

AUTRES PASTEURS.

Que bienniu dens dise qu'acqu'iu
Un hillot qu'ibadut ;
Que me dix qu'ei lou hil de Diu,
Et quen bam amoucha la care.

PREMIERS PASTEURS.

Sib an dit bertat aquero
Ah cointe bisté bet engage
D'ana présenta boste co
A d'aquet precioux maynage.

AUTRES PASTEURS.

Ah s'ins an bertat, lou ceu,
Ben ats dits d'nüe boux ta horte ;
Que nous y coutem anta leu ;
Eh gouarat la luts qu'ins escorte.

PREMIERS PASTEURS.

Cointarbe donc, couret, anat
Segui lou lugra qu'iu attire,

Méés quoan aurat bist lou goujat,
Si bouts plats, tournat de tire.

AUTRES PASTEURS.

Cependant saus noustes troupets,
De quoan en quoan jettats la biste,
Goardet noustes tendres agnets,
Nousauts tourneram au plus biste.

PREMIERS PASTEURS.

Ça donc leu de retour,
Et que nou haziaz pas long biatge,
Ta que pousquan à noste tour,
Ana saluda lou maynatge.

Bé marchen te Nicoulas,
Goüere, chacuû se maneye,
Be semblé tant doublen le pas,
Que bet grand ben qu'eu sen carreyé.

NOEL

En forme de dialogue.

JOUANOTTE.

Jan, lou mey, libats-bous,
Bous droumits trop grand pause,
Courrem d'ab lous pastous
Bede ibe bere cause, Nadau,
Cantam Nadau, Nadau, Nadau.

JAN.

Abets bous mingiat caus,
Per reba atau, Jouanotte ?
Lechats lou mounde en paus,   Nadau
Qui ayi coücnte que trote.

JOUANOTTE.

Lou bestia dens la cœur
Qu'es tourmente et qu'es fache
Et com si cre grand jour,   Nadau.
Brame per ana pache.

JAN.

N'es pot pas que si jour,
Qu'es la libe qu'arraye,
Bous rebats aquet tour,
Jouanotte n'ets pas saye.   Nadau.

JOUANOTTE.

Binets bede les luts,
Prenets les bostes peilles,
Et hiets audi les buts,
Quin charmen las aureilles.   Nadau.

JAN.

Aco soun tambourins
Au nouste besiatge,
Caucun dous nos bezins
De bray hey maridatge.   Nadau.

JOUANOTTE.

Que bous ets meichideu,
Jan de m'em boule crede
Ço que pareich au ceou,
Nou couste arei de bede.   Nadau.

JAN.

Jouanotte ab ci perdon,
Nouh boutits en coulere,
Bous abets grand reson,
Aquere luts qu'es bere.   Nadau.

JOUANOTTE.

Lou jour n'es pas mes bet,
Ni l'array de la libe,
Cocause de nabet
Aqueste noueit arribe.   Nadau.

JAN.

Anem d'ab lous pastous,
Éseguiam touts amasse,
Courem, attrapen lous
Per sabe ço quis passe.   Nadau.

JOUANOTTE.

Lacheram la maisou
Toute la neyt soulette,

En aqueste occasiou
Nat lairon noub inquiette.   Nadau.

JAN.

Que tourneram esprit,
Arrei noub hasqui pene,
Quen seré tout oubert,
Et que nous poden prenne?   Nadau.

JOUANOTTE.

N'es pas loin d'aquet tuc,
Je lou beiram chels faute ;
De bray qu'es à Lauzuc,
A Guichon ou Berraute.   Nadau.

*Ici un Ange vient interrompre leur Dialogue, et leur
parle ainsi :*

N'ayats tant de souci,
N'abets arrey à creigne,
A mille pas de cy
Que beyrats noste segne.   Nadau.

Lou hilh dou rey dou ceou,
Per fini boste guerre,
Entre ibe ayne et un beou,
Ey nascut sus la terre.   Nadau.

Arrey n'a piétat d'et,
Pourtat ly coque cauze ;
Et ba mouri de ret,
Sus lou loc oun repause,   Nadau.

Lous pastous d'alentour,
Qui nad bolen pas crede,
L'an anat ha la cour,
Bien gauyous de lou bede.   Nadau.

Au son d'un loun canet,
L'an heyt la serenade,
Et pourtat coque agnet,
Et leyt cens cassounade.   Nadau.

L'ange se retire et Jouanotte reprend :

Que ly pourteram nous,
Jan, que pousqui lou plaze,
Nous n'am ni frut ni flous,
Ni pan à nouste caze?   Nadau.

JAN.

De legne qu'em ichels,
Lou ret que se lou minge,
Pourtam-ly dus pachets,
Dou chirmen é dou linge.   Nadau.

JOUANOTTE.

D'aquet chastot de mill,
Qu'abem l'au jour heyt mole,
Hem per aquet het bilh
Ibe granne pibole.   Nadau.

JAN.

Asi moussu Courtiau
Qu'a lachat ibe pere,
Pourtam ly dab un cau
Per que basqui gotchere.   Nadau.

Jan et Jouanotte arrivent à la Crèche et se mettent à genoux

Que siats lou plan biengut,
Bet hilh tout adorable ;
Et per qu'ets bous nascut
Dens ibe praube estable ?   Nadau.

JAN.

Qui at auré jamei dit,
Puschque bous debets nasche,
Que n'aurets pas cauzit
Lou castet de Bidache ?   Nadau.

JOUANOTTE.

Bedet lou rey dous reys,
Chets jacot et chets rauhe ;
N'ets bous meste dous beys ?
Perque nasche ta praube ?

JAN.

Biets don à Mont-Rejau,
Quittats aqueste place,
Ne serats pas ta mau,
Nous lougiram amasse.   Nadau.

JOUANOTTE.

Hets-nous l'aunou d'y bi,
Escusats la hardiesse,

Tacheram deb serbi
Dens la noste praubesse,   Nadau.

JAN

Quittats acques pouillé,
Que heram abegade,
Et la noste mouillé
Que bera la bugade,   Nadau.

JOUANOTTE.

Lou parrac a soun nit,
Et toute l'auseraille,
Et bous n'ets pas fournit
Ni de lan ni de paille ?   Nadau.

JAN.

Nous em de praubes giens,
Qui n'abem so ui maille,
Et doun aurem argien,
Si nat ne nous en baille ?   Nadau.

JOUANOTTE.

Agradats, bet enfant,
La noste praube offrente ;
Si la recebets plan
Jou serey trop contente, Nadau.
Cantam Nadau, Nadau, Nadau.

ACTES AVANT LA COMMUNION.

Sur l'air : *Noël pour l'amour de Marie.*

ACTE DE FOI.

Jou crey que lou corps adorable
De Jésus-Christ ey sus l'auta,
Et que tousten ey béritable
Tout ço quens degne rebela.

ACTE D'ADORATION.

Seignou qui cachats boste glori
Dens aquet mysteri d'amou ,

Jeub recounechi, joub adori
Coum à moun Diou et Saubadou.

ACTE D'HUMILITÉ.

Jou nou souy qu'un bermi de terre
Qui mespreŝe boste grandou ;
Et bous au loc d'en ha la guerre,
Qu'en boulets coumbla de fabou.

ACTE DE BON PROPOS.

Puch qu'en boulet esta proupici,
Et qu'à jou bé boulet uni,
Jou bouegerei toustem lou bici,
Et nou penserey qu'ab serbi.

ACTE DE DEMANDE.

Degnat seignou, per boste graci,
Banni de moun côô lou pécat,
Het que jamey ney trobe place,
Après que l'ayat accassat.

ACTE D'AMOUR.

Si joum soy rendut ta coupable
D'abéé trop aymat lous plazés,
Joub aymy, seignou tout aimable,
Mille cops plus que touts lous béés.

ACTE DE CONTRITION.

O que mon âme ey affligeade
De toutes sas iniquitats !
Et ço qui la lou plus toucade,
Qu'ey l'excès de bostes bountats.

ACTE DE CONFIANCE.

Seignou, si boste proubidence
Nou ma heit qu'entam rende huroux,
Bouillat que pléé de counfience,
Jou m'abandouni tout à bous.

AU DOMINE NON SUM DIGNUS.

Ab jou souy tout saisit de crente,
Quoan de bous me bouy approucha
Digat un mout, moun âme es sainte,
Et digne d'eb serbi d'aula.

PENDANT ET APRÈS LA COMMUNION.

Diou tout bou, tout sant per essence,
Qu'ins boulet serbi d'alimen,
Counsacrai pér boste présence,
De tout moum côó lou moubemen.

ACTE DE REMERCIEMENT.

Jou n'ey ni lengue ni paraule,
Digne deb poudéé remercia,
D'esta plassat à boste taule,
En ta my bienne santifia.

ACTE D'AMOU.

Autant coum bous et redoutable,
Quoan dad justiço nous jutgeats,
Autan, seignou, bous qu'ets aimable
Quoan dens l'oustie ets cachat.

CONCLUSION

Deb serbi qu'ey moun abantatge
Neu ya nat plaséé de plus doux,
Dat-me donc, seignou, courage
De bibe et de mouri per bous.

FIN.

BAYONNE, imprimerie de veuve LAMAIGNÈRE née TEULIÈRES,
rue Pont-Mayou, 43.